TEO
está enfermo

timunmas

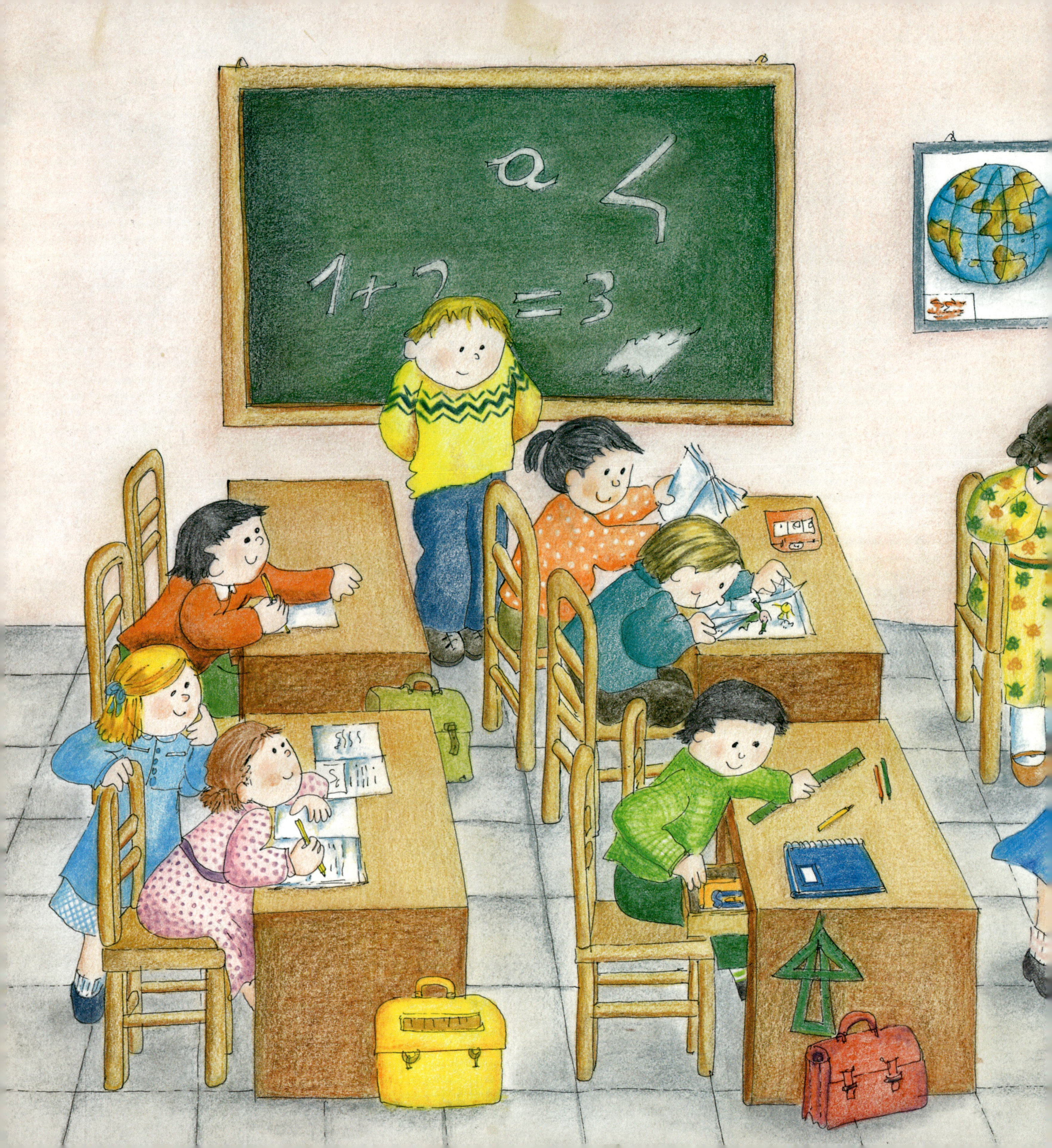
a
1+2 =3

Teo no se encuentra bien. Mientras una profesora le pone el termómetro en la oreja, otra llama por teléfono a su casa.

—No te preocupes, Teo. Ahora viene tu mamá a recogerte —le dice cariñosamente la profesora.

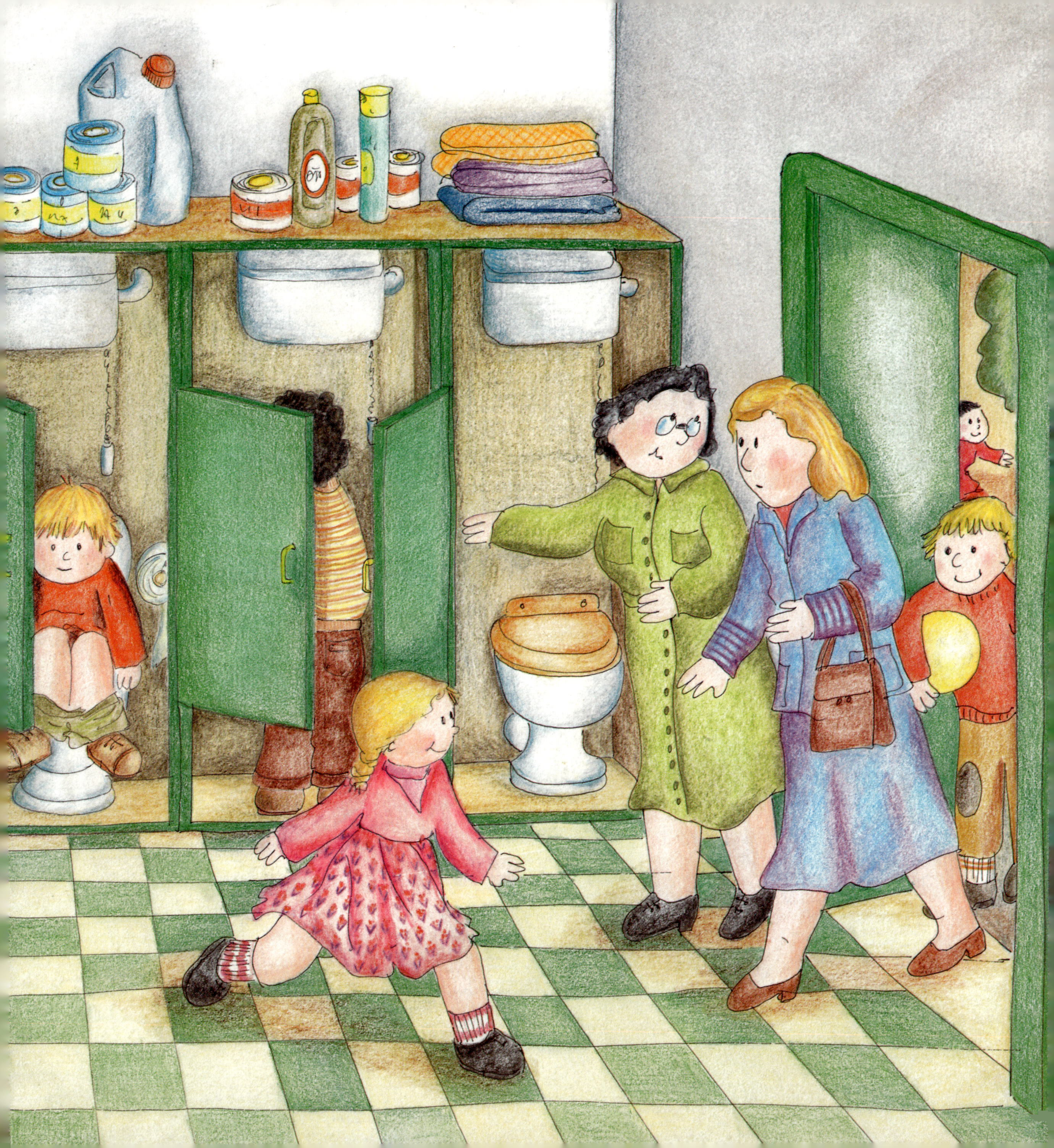

Los padres de Teo están esperando al médico.
Como Teo tiene fiebre, su madre le refresca la frente.

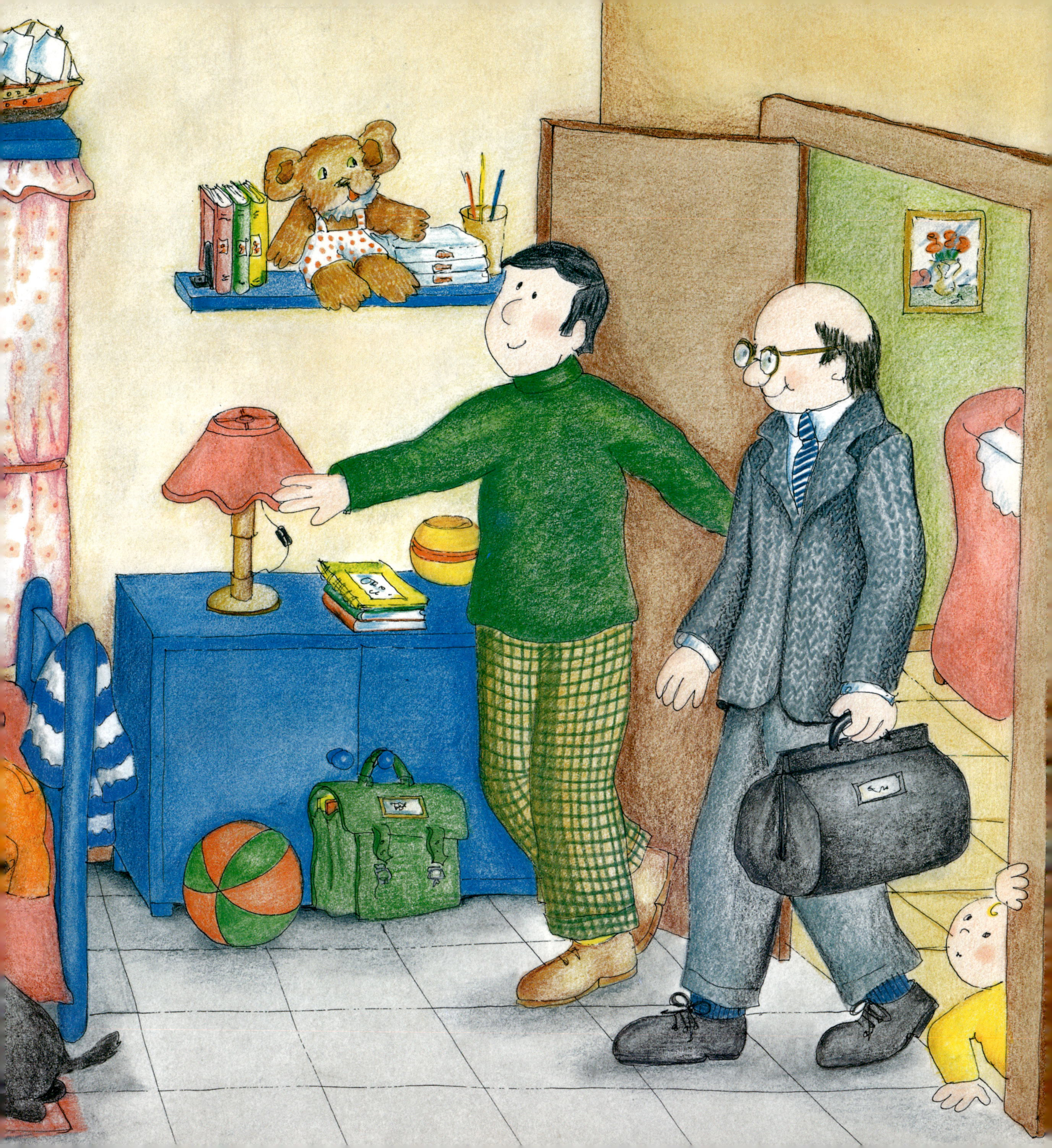

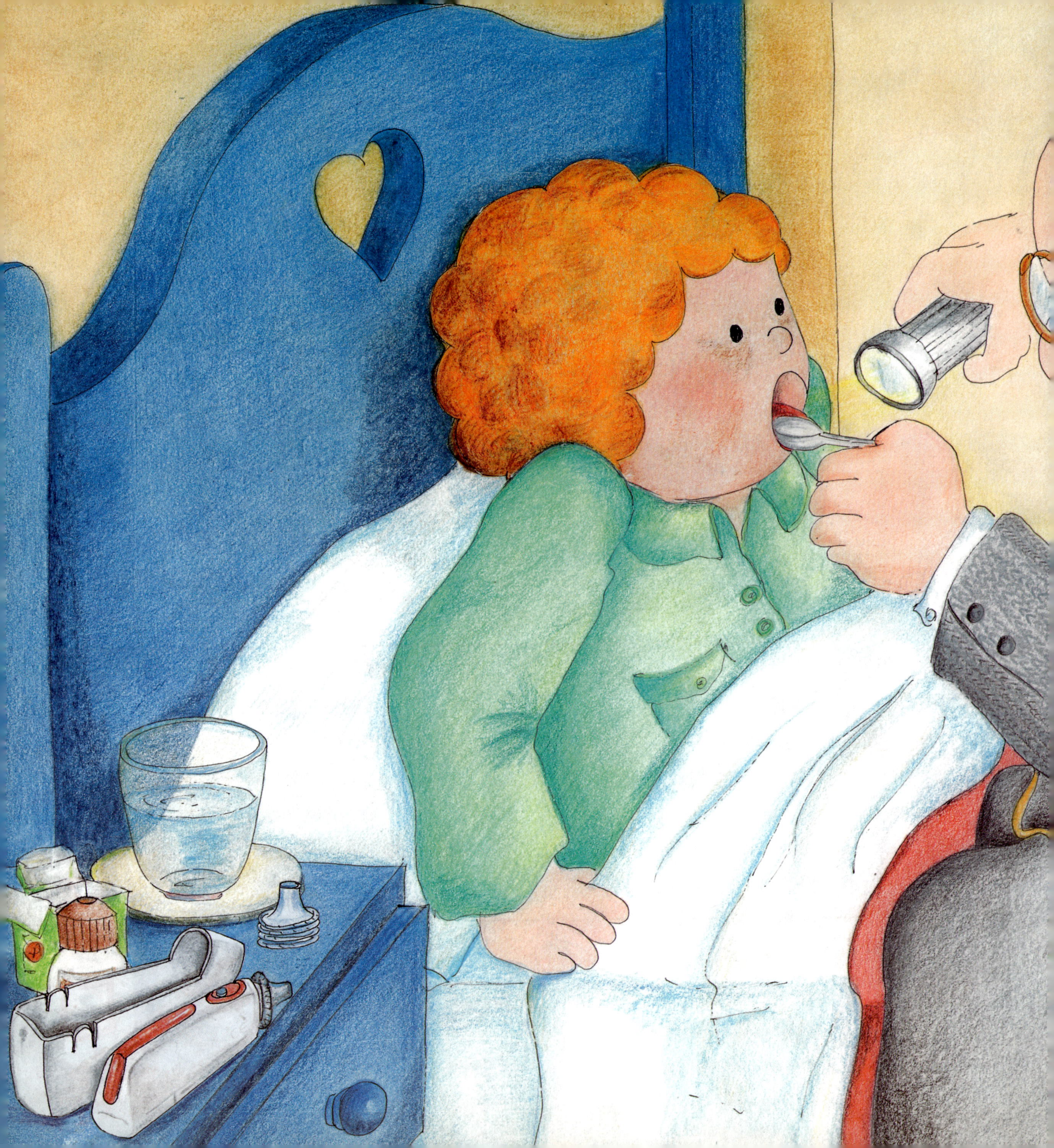

—¿Cómo te encuentras, Teo? A ver, abre la boca y di ¡aaaah! —le dice el médico—. Bueno, tienes anginas. Te voy a recetar un medicamento.

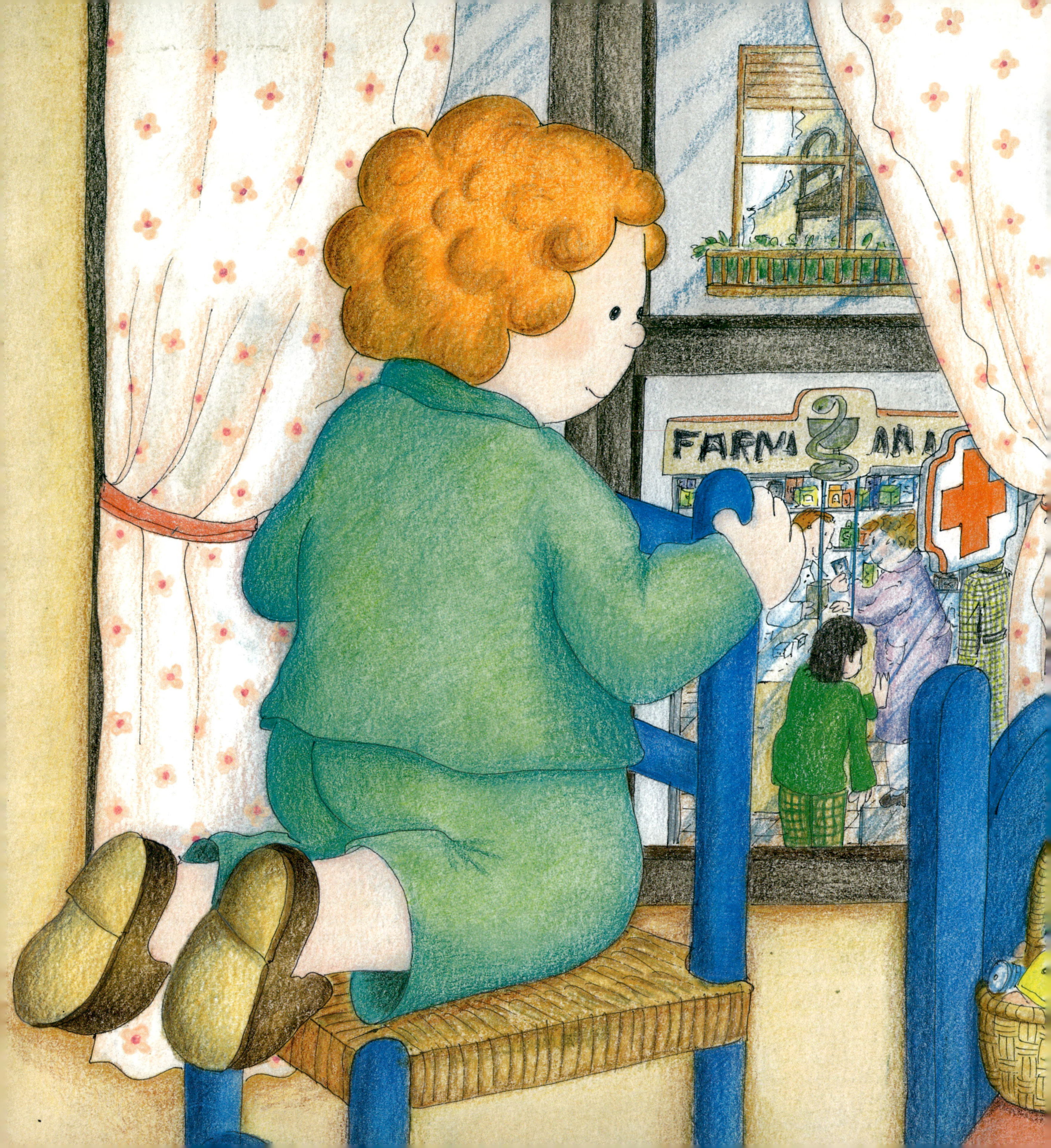
FARM

—Teo, te vas a constipar; rápido a la cama —lo riñe su madre.
—Pero mamá, ¿se acordará papá de traerme de la farmacia aquellas pastillas de goma que son tan buenas?

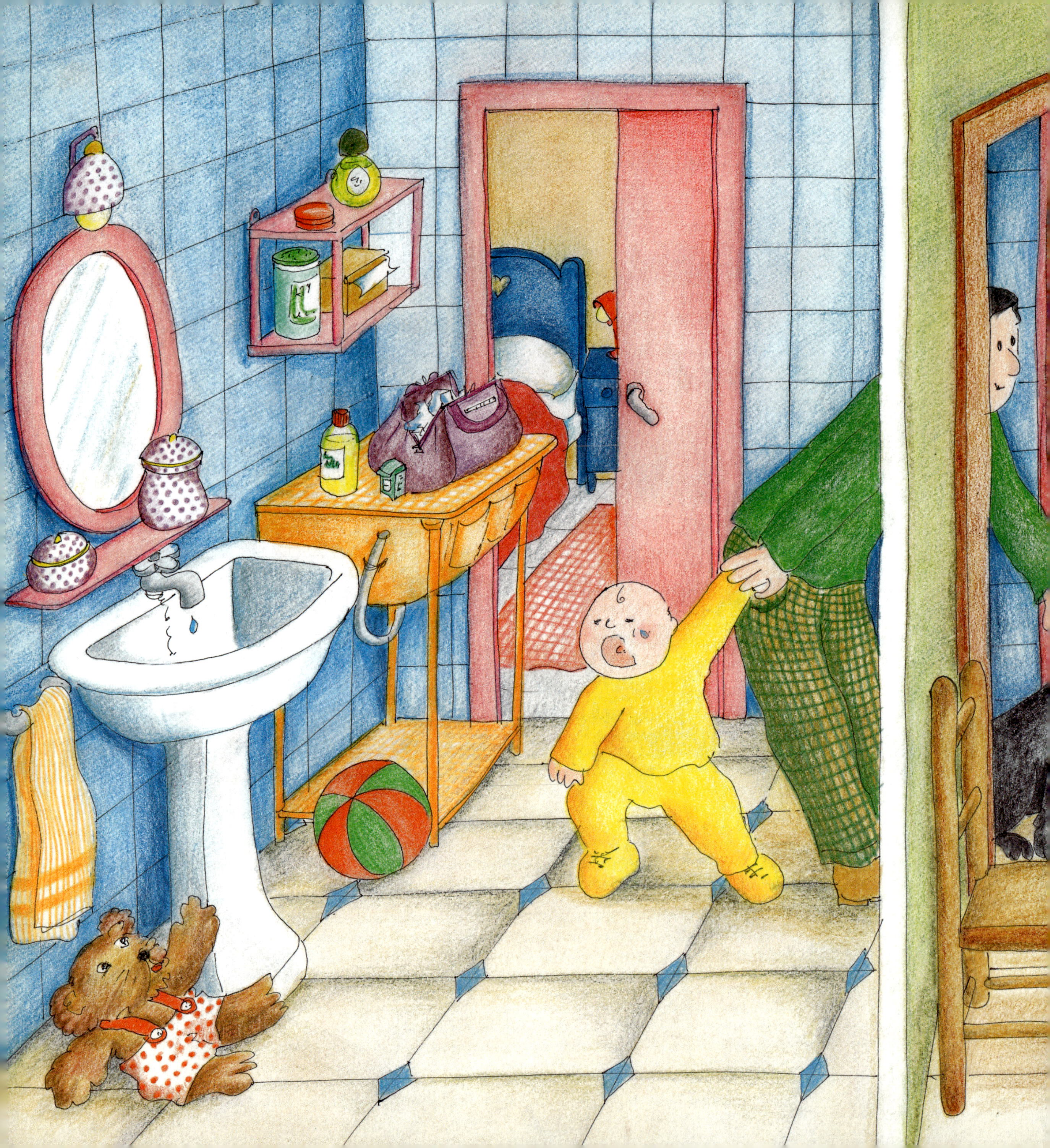

Mientras Teo mira de reojo la jeringuilla, la enfermera lo tranquiliza amablemente.

—Verás qué pronto te curas con este jarabe que ha comprado papá —dice la tía Rosa intentando convencer a Teo.

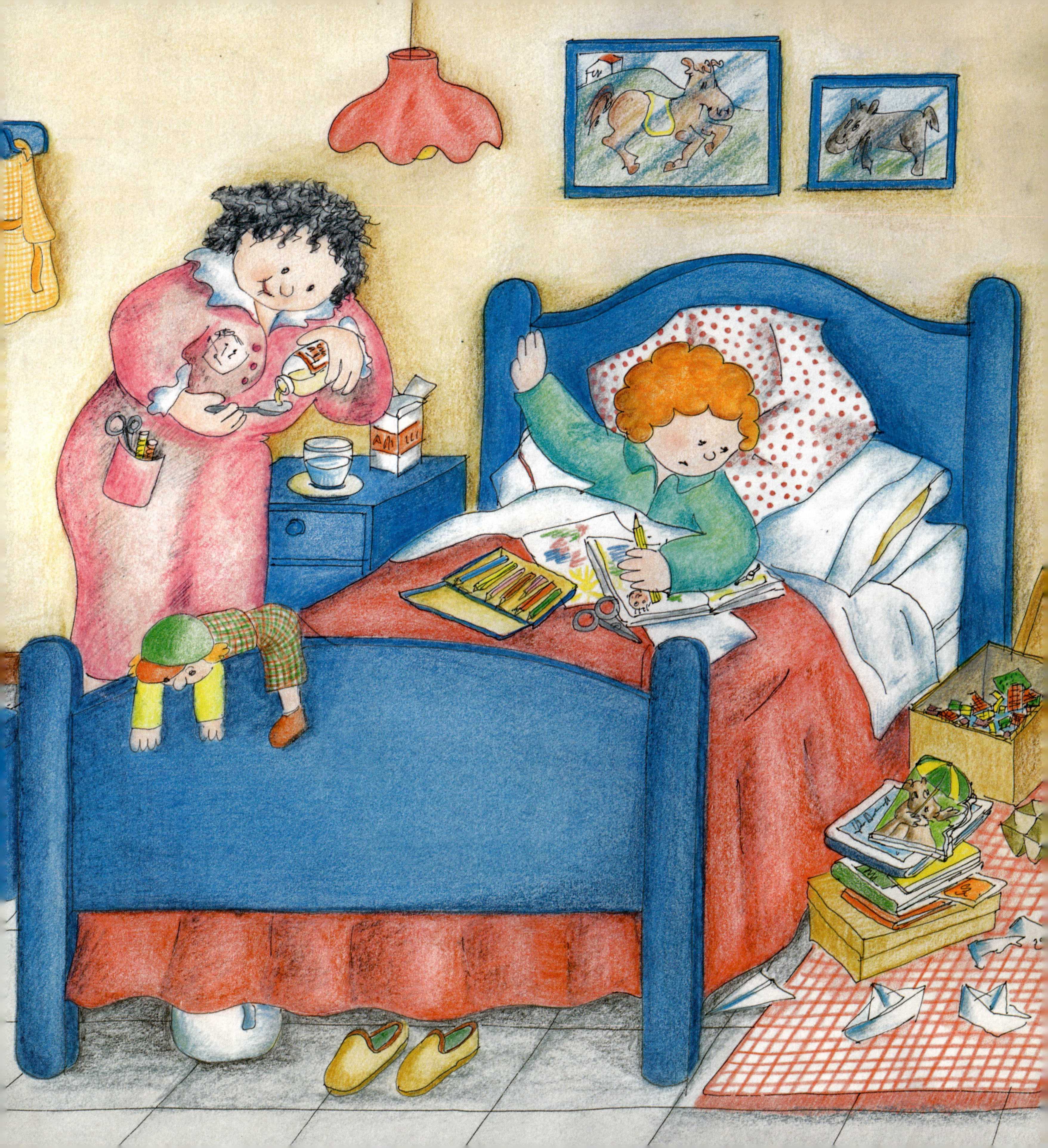

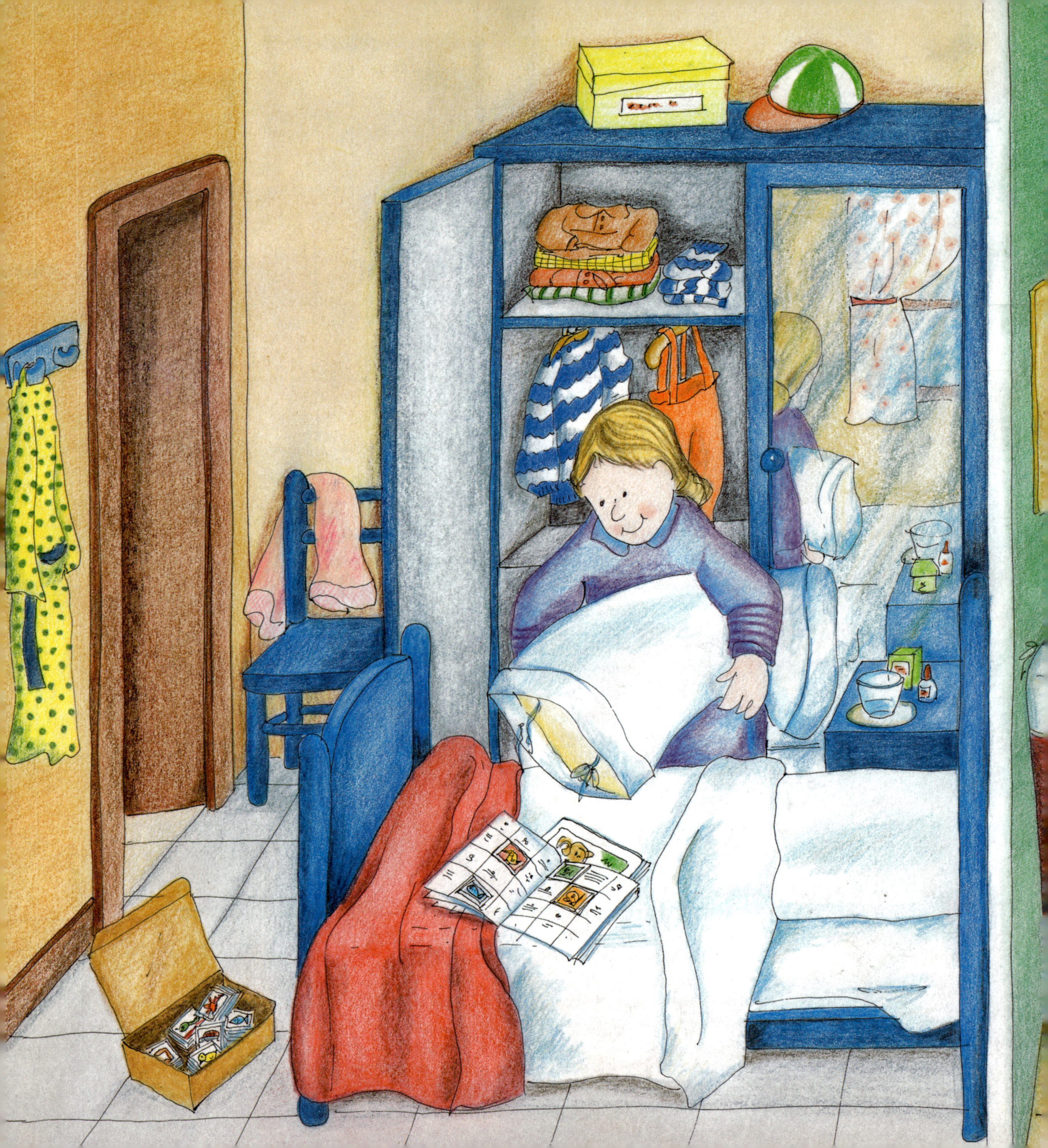

Teo se encuentra un poco mejor y se ha sentado a cenar delante del televisor.
Mientras, su madre le arregla un poco la cama.

Teo, que ya está curado, va con su madre al hospital para hacerse la última revisión.

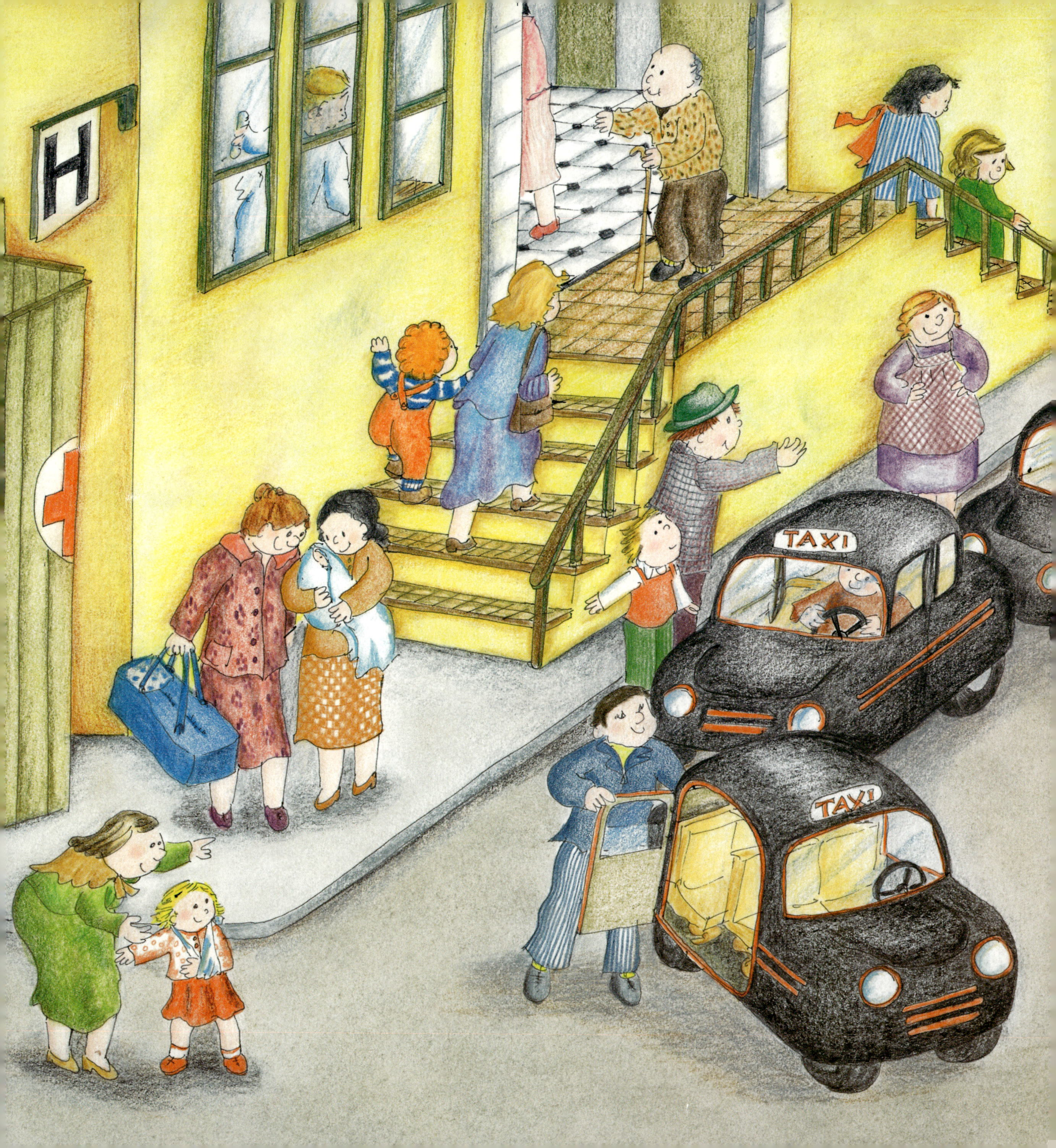
H
TAXI
TAXI

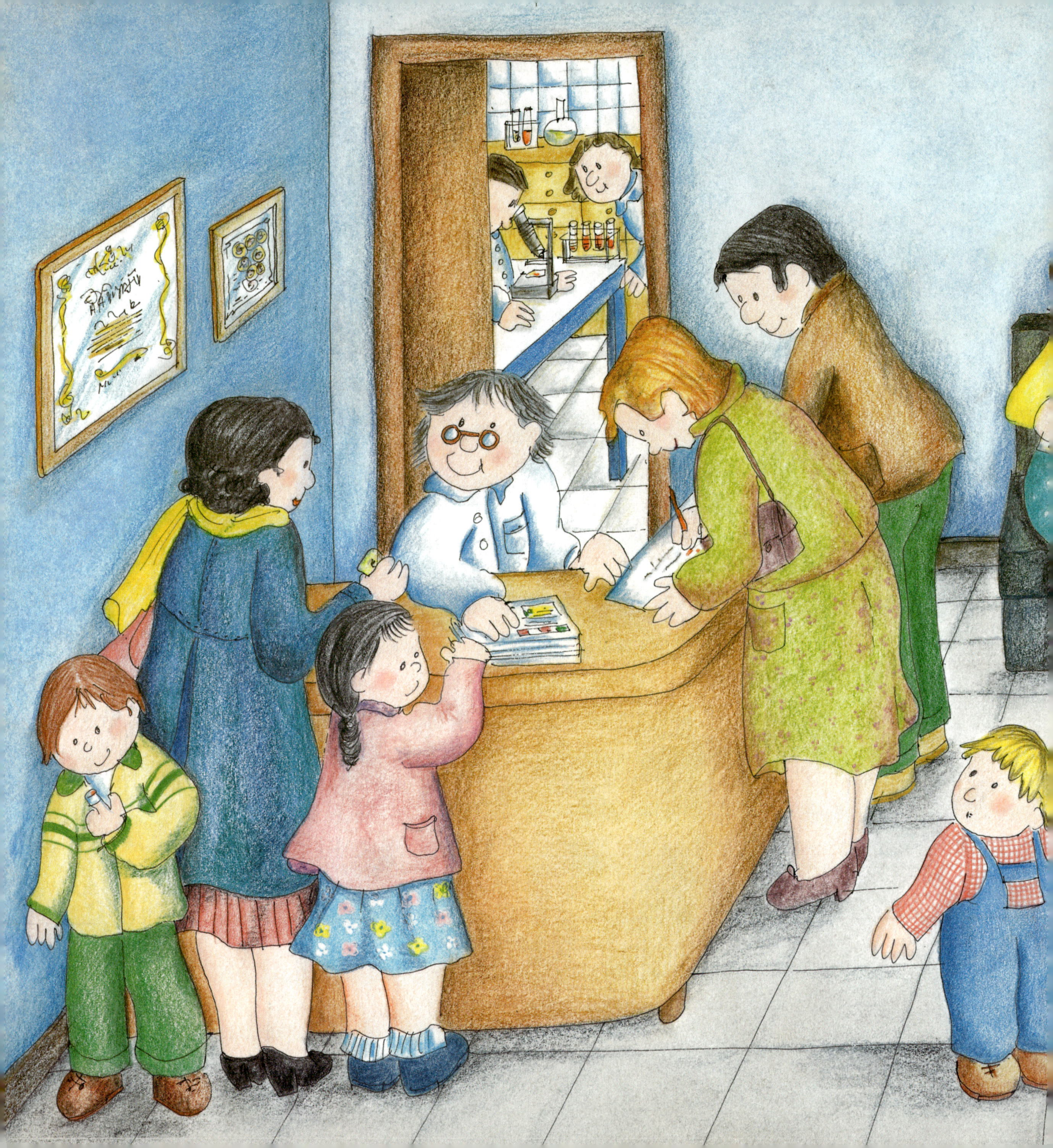

El médico ha encontrado muy bien a Teo y comenta con su madre que al día siguiente ya podrá volver a la escuela.

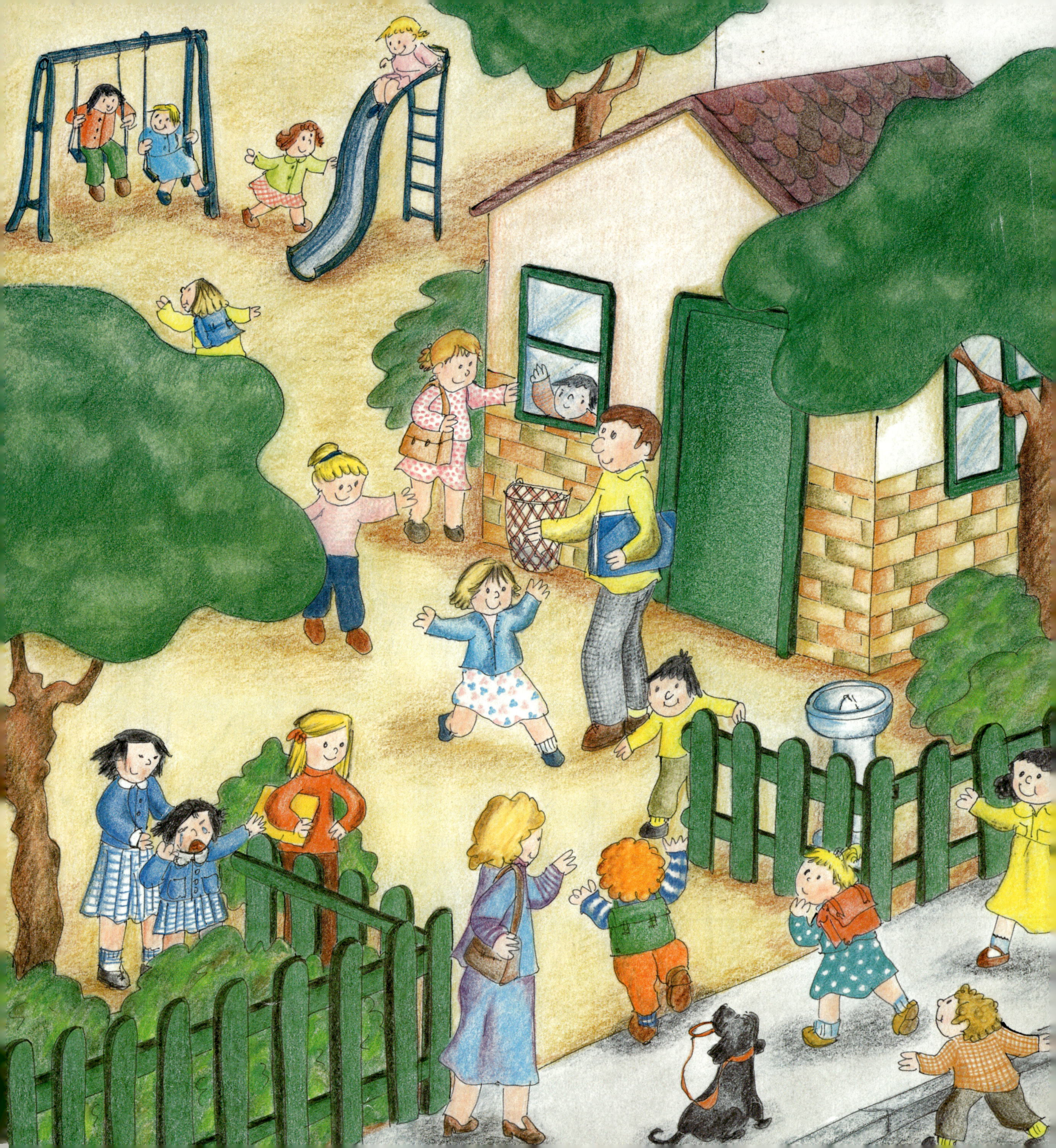

¡Qué suerte que Teo ya se encuentre bien! Sus amigos se ponen muy contentos cuando lo ven llegar al colegio.

GUÍA DIDÁCTICA

Teo descubre el mundo es una colección de libros que pretende entretener al niño al tiempo que estimula su curiosidad y desarrolla su capacidad de observación, así como sus hábitos cotidianos y de relación. En función de la edad del niño se pueden hacer distintas lecturas. En el caso de los más pequeños, la lectura será más descriptiva, nombrando los objetos y los personajes de cada ilustración, y si son un poco mayores podemos ir siguiendo el hilo de la historia. El objetivo final de esta guía es que sean capaces de relacionar lo que ven en los libros con su propio entorno; de este modo conseguiremos convertir el libro en una herramienta didáctica que sirve para disfrutar y aprender de una forma lúdica.

Teo está enfermo permite hablar de cómo nos sentimos cuando estamos enfermos y de lo que tenemos que hacer para curarnos: ir al médico, tomar las medicinas que nos recete, guardar cama… Al leer el cuento, los pequeños lectores recordarán lo que ellos mismos sienten cuando están enfermos y podrán desarrollar un sentimiento de empatía hacia Teo.

¡Esperamos que disfrutéis con Teo!

1 · Teo no se encuentra bien:
Teo está en el colegio, pero no se encuentra bien. Su señorita le pone el termómetro mientras llaman a su madre por teléfono. Esta ilustración permite hablar de **cómo nos sentimos cuando nos encontramos mal**. Cuando una persona se encuentra mal normalmente no puede continuar haciendo las cosas de siempre (trabajar, jugar…), porque no tiene suficiente energía.
¿Cuándo fue la última vez que te encontraste mal? ¿Cómo te sentías? ¿Tenías ganas de jugar?

2 · Teo espera a su madre:
Mientras esperan a que llegue la madre de Teo, la señorita le cuida y le consuela. A partir de esta ilustración podemos hablar de las **personas que nos quieren y nos cuidan**. Muchas veces no nos damos cuenta de que hay mucha gente que se preocupa de nosotros y nos cuida cuando lo necesitamos. Cuando estamos enfermos, por ejemplo, a menudo nos sentimos tristes y nos consuela mucho que alguien nos haga compañía.
Cuando tus amigos o alguien de tu casa está enfermo, ¿intentas ayudarle?

3 · Llega el médico:
En casa, Teo y sus padres esperan al médico. Como Teo tiene fiebre, su madre le pone unas toallas frías. Esta ilustración permite hablar de la **fiebre**. A veces, cuando estamos enfermos, nuestro cuerpo aumenta la temperatura, es decir, se pone más caliente y entonces decimos que tenemos fiebre. El termómetro nos indica a qué temperatura estamos.
¿Por qué crees que la madre de Teo le pone unas toallas frías? ¿Crees que a Teo debe de gustarle?

4 · Teo tiene anginas:
El médico examina a Teo para saber qué le pasa. Cuando Teo abre la boca, el médico ve que tiene anginas. A partir de esta ilustración podemos hablar de la **función que cumplen los médicos**. Cuando nos encontramos mal vamos al médico porque él sabe reconocer lo que nos pasa y nos explica cómo curarlo. A veces, aunque no nos encontremos mal, vamos al médico sólo para hacer una revisión.
¿Cómo se llama tu médico? ¿Qué utensilios usa el médico de Teo? ¿Tu médico también los utiliza cuando te visita?

5 · El padre de Teo va a comprar medicinas:
El padre de Teo va a comprar las medicinas que ha recetado el médico. Esta ilustración permite hablar de la **farmacia**, el lugar donde venden las medicinas. Cuando alguien va a comprar alguna, necesita presentar la receta del médico. Sólo podemos tomar las medicinas que él nos dice. Si tomáramos otras podrían sentarnos muy mal.
¿Cuántas personas hay en la farmacia? ¿Ya ha llegado el padre de Teo? ¿Qué hace mientras tanto la madre de Teo?